郭辉，湖南益阳人。中国作家协会会员，一级作家。有诗歌作品散见于《诗刊》《星星》《人民文学》《十月》《扬子江诗刊》《诗歌月刊》等刊物；在《十月》《人民文学》《芙蓉》《湖南文学》等刊物发表过中短篇小说。著有诗集《永远的乡土》《错过一生的好时光》《九味泥土》等。曾获加拿大第三届国际大雅风文学奖诗歌奖，《海外文摘》双年度文学奖。第五届"十佳当代诗人"。

中国行吟诗人文库 第二辑 李 立 主编

万物都有锋芒

郭 辉 著

黄河出版传媒集团
阳 光 出 版 社

图书在版编目（CIP）数据

万物都有锋芒 / 郭辉著. -- 银川：阳光出版社，
2024. 8. -- (中国行吟诗人文库 / 李立主编).
ISBN 978-7-5525-7304-6

Ⅰ. I227

中国国家版本馆CIP数据核字第20241C60C8号

中国行吟诗人文库　第二辑　　　李　立　主编

万物都有锋芒
WANWU DOUYOU FENGMANG　　　　　　郭　辉　著

责任编辑　赵维娟
封面设计　鸿儒文轩·未未美书
责任印制　岳建宁

黄河出版传媒集团
阳光出版社　出版发行

出 版 人　薛文斌
地　　址　宁夏银川市北京东路139号出版大厦（750001）
网　　址　http：//www.ygchbs.com
网上书店　http：//shop129132959.taobao.com
电子信箱　yangguangchubanshe@163.com
邮购电话　0951-5047283
经　　销　全国新华书店
印刷装订　三河市华东印刷有限公司
印刷委托书号　（宁）0029590

开　　本　787 mm×1092 mm　1/32
印　　张　7.5
字　　数　130千字
版　　次　2024年8月第1版
印　　次　2024年8月第1次印刷
书　　号　ISBN 978-7-5525-7304-6
定　　价　58.00元

总序

行吟者，灵魂像风一样自由

李立

　　空气看不见摸不着，上天入地，间隙不留，无处不在，随时生风。大千世界，朗朗乾坤，诗意无所不至，如风般潜隐、默化、繁衍、缤纷、飘逸、激扬。边行边吟，行吟诗歌如雨后春笋，蓬勃兴起。当代行吟诗歌已呈方兴未艾、风生水起之势。

　　尺寸方圆，风起云涌，绵绵无穷。思想可抵达之地，便是诗情的肥沃土壤，行吟诗歌的种子就能生根、萌芽、开花、结果。

　　行吟诗歌，自古有之，古今中外许多伟大的诗人，留下不胜枚举的不朽之作。

　　"飞流直下三千尺，疑是银河落九天。"诗仙李白临风对月，纵横山水，笑傲江湖，托举金樽，嬉笑怒骂，出口成章，行吟天下。

"朱门酒肉臭，路有冻死骨。"诗圣杜甫悲天悯人，路见凄怆，有感而发，笔触凝重，抨击时政，揭露黑暗。

"众里寻他千百度。蓦然回首，那人却在，灯火阑珊处。"一生以恢复中原为志的南宋名将辛弃疾仿佛在描绘爱情，又好像在抒发心中的压抑。他行吟于塞上边关，出入于金戈铁马，奔波于长城内外，倾诉壮志难酬的悲愤。

行吟诗歌可分抒情诗、叙事诗、咏物诗、爱情诗等。但行吟诗歌没有泾渭分明的派别之争，没有壁垒矗立的门第之别，四海之内的诵吟唱颂皆为行吟诗歌。行吟诗歌讲究清新脱俗、自然天成，拒绝闭门造车、忸怩作态、故步自封。马嘶狼嚎、鸟唱虫鸣、飞瀑激流等大自然发出的天籁之音，行吟诗人都乐意洗耳恭听，并欣然与之唱和。

风喜于拈花惹草，擅于推波助澜，忠于神采飞扬，形于来无影去无踪。从不作茧自缚，从不循规蹈矩，从不因循守旧，从不裹足不前。它弹拨漫山红叶，它吹奏江湖涟漪，它令蝴蝶蹁跹起舞，它让雪花深情款款，它能使春光风情万种，它亦能使黄沙骚动不安，在风面前，万物皆难以克制和矜持，不会无动于衷。

行吟诗歌歌颂大自然，表达真善美，挞伐假恶丑，颂扬清风正气，赞美清平世界。行吟诗歌不是游山玩水的遣兴，不是游手好闲的造作，不是江山如画的拼图，不是沽名钓誉的无病呻吟。

行吟诗歌能走进峻岭悬崖的皱褶内核，能与江河湖海促膝谈心，能与大漠戈壁共枕日月，能与孤花独草形成心灵共振，能以一颗怜悯之心去撞击世俗的铜墙铁壁，能赋予落寞古刹崭新的生命力。行吟诗歌最先抵达的目的地，是行吟者的内心深处。

脚步触摸不了的远方，只要思想和诗意锲而不舍，行吟诗歌就永远没有终点站。

想走就走，沐风浴日，披星戴月，挥毫落纸。山川河流，都市街巷，名胜古刹，危峰峭壁，荒郊野外，田间地头，只要你悉心观察，用心灵的颤音去追寻缪斯，那么，你就会诀别于寂寥和空虚，收获大自然慷慨的馈赠。行吟诗歌如风一样无处不在，但更加持重、洒脱、灵动、端庄、丰满、秀丽、壮阔，更讲究内涵、韵律、节奏和风情，看得透理得清，来无影去无踪。

大自然是行吟诗歌的温床。行而吟之，诗如其人。

大鹏借助风升空，诗人驾驭意境升华。

行吟者，目光如炬，声似洪钟，思如泉涌，行走在蓝色星球上，灵魂像风一样自由。笔随心动，诗意生风。诗情蓬勃，无所不及。

2023 年 11 月 1 日于新疆塔城

目 录
contents

001 ··· 给一点颜色你看看

002 ··· 风波亭

003 ··· 青锋剑

005 ··· 逝光

007 ··· 响石

009 ··· 紫荆

011 ··· 活出两条命

012 ··· 石头

014 ··· 兰花鹰

016 ··· 合欢叶

017 ··· 活下去

019 ··· 独木桥

020 ··· 花苞苞

021 ··· 桃花庵

022 ··· 古城堡

023 ··· 借故

024 ··· 苦枣树

025 ··· 红胸脯的鸟

026 ··· 野菊花

028 ··· 青苔谣

029 ··· 蝉说

030 ··· 蕾丝花

031 ··· 弯曲

032 ··· 芦花放

033 ··· 夜莺谷

034 ··· 一犁春雨

035 ··· 雨霖铃

037 ··· 星光隐

038 ··· 规则

039 ··· 青山纵雪

040 ··· 娇莲姐

041 ··· 树墩上的鸟

043 ··· 蜘蛛行

044 ··· 证词

045 ··· 紫丁香

046 ··· 无上道

047 ··· 女贞

049 ··· 斑竹恨

050 ··· 鸟迹书

052 ··· 秋枫辞

054 ··· 蚕

055 ··· 朝下

056 ··· 闪电中的天使

057 ··· 含羞草

058 ··· 秤砣

059 ··· 断碑吟

061 ··· 开福寺

062 ··· 天香引

064 ··· 整容术

065 ··· 梅子

066 ··· 镇尺

067 ··· 抵达

068 ··· 秘籍

069 ··· 菩萨蛮

070 ··· 敬畏

071 ··· 石头记

073 ··· 林泉约

074 ··· 冬日林中的小松鼠

075 ··· 知风草

076 ··· 借一朵雪

078 ··· 无又无

079 ··· 锯木场

080 ··· 磬口梅

082 ··· 红月亮

084 ··· 伐木者

085 ··· 雪人

086 ··· 肉身里也有雪

087 ··· 次生林

088 ··· 裸船

089 ··· 失语症

091 ··· 江雪

092 ⋯ 海浪与礁盘

093 ⋯ 梅花引

094 ⋯ 悲欢饮

095 ⋯ 蚓鸣

096 ⋯ 看一队蚂蚁浩浩荡荡的仪仗

097 ⋯ 路轨

098 ⋯ 老血脉

100 ⋯ 放下

101 ⋯ 黑夜里的一棵树

102 ⋯ 燕尾香

104 ⋯ 古桃核

106 ⋯ 惯例

108 ⋯ 幌子

109 ⋯ 老雪

111 ⋯ 牙齿

113 ⋯ 罗丝滩

115 ⋯ 天门谣

117 ⋯ 落木书签

119 ⋯ 雨打飐厕

120 ⋯ 铁插销

121 … 旧信封

122 … 白蝴蝶

123 … 密码

125 … 尘劫

127 … 沧浪谣

129 … 在江边听圆号

131 … 招式

133 … 丹葵引

135 … 孤子

137 … 鸵鸟之舞

139 … 登南岳致李白

141 … 虎跑泉

143 … 美人池

145 … 破局

147 … 飞雪寺

148 … 尾骨

150 … 定力

152 … 秦人古洞

154 … 双盾木

156 … 胭脂湖

158 ··· 惊蛰

160 ··· 采桑湖边

162 ··· 抱朴

164 ··· 刺青

165 ··· 蓝星花

167 ··· 定义

168 ··· 救赎

170 ··· 卷耳

172 ··· 雷公岩

174 ··· 苦地丁

176 ··· 白马山

178 ··· 滩头的水

180 ··· 遗恨

181 ··· 空

182 ··· 白露

184 ··· 鼓手颂

185 ··· 归宿

186 ··· 出水石

188 ··· 川天界

189 ··· 屋檐

191 ··· 利器

193 ··· 老邮亭

195 ··· 笠泊山居

197 ··· 哑铁

199 ··· 雕花剑柄

201 ··· 雪浪石

203 ··· 有膝盖的树

205 ··· 隐疾

207 ··· 江波引

209 ··· 遗忘

210 ··· 钟摆

212 ··· 自解

214 ··· 洗耳溪

216 ··· 老鹰岩

218 ··· 小雪

220 ··· 后记

给一点颜色你看看

他们饮酒时，不说话，喉结动

他们说话时，口无遮拦，离题万里

——给一点颜色你看看

这是见怪对不怪说

无关乎霸道不霸道使狠不使狠

果然，他们各送了我一幅画

一幅画后有靠山，前有流水

隐者居其间，无形胜有形，头脑多么简单

一幅画是黄毛鸟，黑豆大的眼珠滴溜溜转着

在早春的枝条上，正向

对面的几块拙石发声，啼破了东风

2015 年 5 月 1 日

风波亭

命数是注定的，一个人

骨子里的江山社稷

再怎么壮怀激烈，金戈铁马

也无法抵御十二道金牌

精确到莫须有的布局谋篇

这一个亭子，多像

一枚方方正正的朱红赤印

不蘸印泥，却

蘸着一腔英雄血，死死扣在

这个王朝的软肋上

直到多年后，才揭起来

反手，为一阕

怒发冲冠的满江红

盖上一记闲章

2015 年 5 月 14 日

青锋剑

为什么假寐
用锈，用世人厌恶的铜绿
密封千年不死的雄心

在土中，把整个大地
当作自己的暗匣。不说话
不泄漏曾经的黑沉沉的血光

是真英雄，就
隐姓埋名。就把道行揳入骨头
让疼，零落成泥

利器中的响尾蛇
冬眠着，血冷，牙齿更冷
只有雨夜中的闪电，能看到它

寒光四溅，直欲破土而出

并与大乾坤对着小暗语

"来者何人？吾不斩无名小将"

2015 年 5 月 29 日

逝光

浅水里的一条鱼，有迹可循
在那里，向赖以生存的彼岸，频频打手语
套用着神秘的水方言

脊背隆起，比
自己的命运略高
把黑色稍加渲染，一不留意
就高出了来历不明的浮生

清风如使者，如红尘一梦
尾随着顺流而下
无论礁盘、滩涂、沙砾、三叶草、飞鸟的影子
没有什么是不可以遗失的

那鱼，那形迹可疑的死亡之行或再生之旅

是大悟大彻的逝光

2015 年 5 月 31 日

响石

凑近去，我听到这纯粹的硬里面
有一口闹钟在响

它口齿不清，念着一些
难以分辨的词，告之于我这个世界
所不知道的一只门闩
在哪儿守候死亡

它像远古的黑色木齿轮，藏着锋
不倦地行走，推搡着历史，停不下来
那么多星星的微光与静夜思
沉淀在它的暗中，如核中之核

一个传言说：非石响，是水响
水总是在纠缠，要带走石头的魂魄
一个传言说：非石响，是风响

风行大地，在开价收买石头里的倨傲

我不相信这些风与水的说辞
我要说，这是因为它
害怕千年的寂寞。于是用
自己强硬的心频频击打自己柔软的心

我禁不住伸手摸一摸它
那么热，那么烫，那么形神兼备
多像是天上掉下的一个雷

2015 年 6 月 7 日

紫荆

植物中的火狐。半仙之魅
引领众花众草多年
仍在修行，修大雅，不舍昼夜

还一直兼修着
自成一体的格调与语言
说与青山，说与枝头的鸟和飞雾流霞
——我本草木
谁都是我的至亲至爱

所开之花，所吐之香
以及对春天的迷恋
皆大紫或深紫，多么重
唯平生心愿，却又小又淡又轻
仿佛万事休
仿佛一减再减

白日里，总尽力退缩
于清流清风的引而不发中
于肃静里
默诵山野的广陵散
心有圣乐通衢，通天下

月下，则常常摘取许多银白
不穿戴不披挂
只作药引。看能不能治——
人间的虚肿与浮躁

2015 年 6 月 16 日

活出两条命

一生都赤裸着。其实
是赤诚，赤衷，赤胆忠心

深爱着泥土，当衣服当住房当庙宇当天地
当自己忠贞不贰的祖国

生在那里，长在那里
一辈子在那里耕耘不已

纵然被拦腰截断，也会用黑血封闭创口
在那里重生，活出两条命

2015 年 6 月 17 日

石头

石头经不住敲打
它的身体内布满了看不见的闪电
一敲打
就会疯狂地喊出来

它是混沌的，没有边缘
用异象包裹着具象
在自己的宇宙
孤傲而又快速地孵化着那些
被黑暗吞噬的原罪

它没有皮肤，只有一辈子的骨头
生存于最底层
与尘埃与流水过从甚密，乐天知命
偶尔也出卖属相
奠基护坡做假山或被打造成狮身虎身人形

搪塞一下人类的虚荣与奢望

它一贯沉默
却总在发掘源远流长的语言
发表的文字经久而不衰
一不小心就成了历史

石头经得起敲打
它的身体内布满了看得见的火焰
一敲打
就会血脉偾张

2015 年 6 月 25 日

兰花鹰

这个时候，它匍匐得
甚至比燕雀还低
待在悬崖底部，擦湿漉漉的羽毛
磨嘴喙，收敛心性，并且
遗忘未来

它与石头下一朵
刚刚拱出头颅的野花
交流思想，探讨隐忍之术
还相互询问，可不可以
把锋芒，折叠成深藏不露的暗香

低垂着翅膀
但乌云知道，雨知道
红血浆，钢铁般的意念，一直
在它胸腔里燃烧，就像闪电

即便潜匿不亮，也是雷声高傲的肋骨

这个时候，它在风雨如磐的尘寰
躯命是多么低下
却从来没有如此，心比天高——

只待云开日出
只待身上兰花盛开
被压抑的灵魂呵
就要利剑出鞘，就要呼啸！

2015 年 7 月 3 日

合欢叶

每一片都是爱的经书

那些纹理，比

丹顶鹤悄悄飞过的憩园要迷幻

总是含笑向阳，向着

那些被白雪孵化成精的云朵与鸽哨

而把一百零一个

春日的羞怯，藏在背后

在微风路过时，喜欢使小性子

用小而雅的醉妆词

吟出那一段虚掩的心迹

并且泄露，昨晚在月色中

安装了三两声鹿鸣的匆匆过客

有体香，有神的翅膀

若梦羽之光

2015 年 7 月 9 日

活下去

一辈子只问耕耘
老死后，皮却得继续活下去
把七斤八两五钱的命
蒙到一圈木头上

嘴死了，皮犹能说话，或者高声喊
心死了，皮犹能跳，脉冲博大
骨与肉离弃了尘世，皮
却在同一个尘世，任打任捶
把过往消受的响鞭
化为震天的鼓响

直到圆心被擂破
直到全身被擂烂
直到声音被擂得气息奄奄
直到收破烂的，把半死不活的一张

撕扯下来，垫到破三轮车上

换一种做法，皮又继续
——活下去！

2016 年 5 月 11 日

独木桥

故乡的一只手臂
搁在野溪上

它老了，一再地老
已然有点抓不住
村子里
那些来来往往的脚步了

但它，还是要抓
忘死忘命地抓！绝不让
一个平常日子
掉下水去

2016 年 5 月 13 日

花苞苞

她从最暗最潮湿的地方走来
她还来不及把小翅膀打开
有点儿紫,有点儿淡,还没学会说话
但她是多么喜欢这光秃秃的人间

她要在这里邂逅绿宝石一样的鸟叫
要把温暖的芬芳,快递给所有的石头
要为空间着色,像佳人甩出水袖
她还要长大,给自己生一个甜蜜的孩子

可现在呀,她尚小,还只是春天的一粒痣
所幸,正好长在眉心

2016 年 5 月 18 日

桃花庵

这里的桃花是隐秘的

是春天身上看不见的胎记

微微的粉，微微的红，滑如丝绸的水色

仿佛是在告白人间

除了骨子里的爱，我早就一无所有

天底下有数不胜数的桃树

而你，是最持久的一棵

挑着最美的花骨朵

人所不见。却在如水的时光中

成为暗香浮动的经典

2016 年 5 月 20 日

古城堡

没有什么是不可以囚禁的

比如把一只大雁，囚禁在人字的尾部

让笔力，加大发挥，活了命

或者，将一只蚕，关在绿意里

银子一样的白，就能结茧，化蝶，飞在尘世

再就是，把春天的尾巴，牢牢拴在梨木上

刷净每一粒果子毛茸茸的初恋

而我也乐于被关押，被绑架

在历史的纵深地带，久病成良医，治愈

自己的沧桑

2016 年 5 月 20 日

借故

那些劈石的人，打铁的人，砸骨头的人

其实都内心柔软

他们的手臂上，有闪电，能发力

但往往一筹莫展

劈石，是由于害怕坚硬

打铁，是终有一天要止于锈

砸骨头，则是为了救赎灵魂，同时救赎自己

这些平常人，他们被禁锢在无形之中

只能借故

把生活拍打得叭叭作响

2016 年 5 月 20 日

苦枣树

骨架多么端庄。除此之外
它还有多余的手臂，摊开条状的时光并且牢牢抓紧
春三月，叫嫩芽列队，让东风尝鲜

还有看不见的胃
吃风吃雨，吃循序渐进的一个个日子
开自己的花，怀自己的孕，生出有皮有核的果，酸而苦
好像是把零碎的时间，绞在了真实里
又像是把记忆酿出了药味

还有高人一筹的思绪
当色枯黄，叶落尽
就情不自禁坦露必然的结果
用满满一树缤纷的眼球，俯瞰大地，望尽尘寰

2016 年 5 月 28 日

红胸脯的鸟

红胸脯的鸟，仿佛都怀了
一肚子的爱情
她们在季雨林中嬉闹
一忽儿低于茇茇草，一忽儿
掠过了那些自视甚高的树冠
分明就是，被春天翠绿的七音弦
弹拨出的活音符
她们的翅膀却是黑灰色的
像红炉上的铁
像在炭火中加钢的利器
一张开，就如同高强度的抛物线
正为湛蓝的天宇，铸造
不生锈的光芒

2016 年 6 月 4 日

野菊花

只有秋风的冷刀子
才能砍杀出
它黄金的光芒

就如，只有沙子的痛
才能擦亮
黑土中铜的沉默

它站在山坡上
仿佛刚刚
从去年的时光里远足归来

眼睁开着，看到
一些茅草开始倒伏，岩石
露出了身体和秘密

乌鸦的叫声像一枚

枝头的干果

晃动着，摇摇欲坠

它面含喜色，悄声对秋天说

——我才是插在

你鬓角的一句知心话

2016 年 6 月 14 日

青苔谣

水中青衣，石头上的锦绣

吸纳了太多的雨雪风霜，暗绿得

像死去了许多回

但它活着。皮肤柔软，富于

弹性，善用腹语，说——

一生就爱多情水，爱慢时光

爱自己体内，那些

一点一点锈蚀的钟摆

它多么面善。心肠也如菩萨

阳光走拢来时，会显出丝丝妩媚

风吹落叶滑倒了，就轻轻

扶起，送上一程

尤其，当多病的人间需要入药

就把自己晒干，碾成粉

万死不辞

2016 年 6 月 15 日

蝉说

且待我脱下——
这单薄如小命，棕黄如旧梦的单衣

且听我再号出一嗓子——
这痛得如快刀嗜血的离歌

我就要飞去了。然后入土，入大坟场
不给任何人看到，为自己死一回

落日敲锣，苍声不逝！且待我
——明年再来

2016 年 8 月 3 日

蕾丝花

洁亮，像白雪衔羞
像一只只白蝴蝶张开来翅膀
压抑了飞翔

镂空部分，是一种本性的
遗落。是抽空了
自身的纷繁。是放弃了多余的道义与程序

为渐入佳境的秋日
举起小白伞
多么好！月光成熟，芬芳正锦衣夜行

谁呀？谁用剔骨的刀尖
雕琢出这小仙子，这欲言又止的形容词
这怜爱之心，这惊世之美

2016 年 8 月 20 日

弯曲

河流把走向弯曲了
成为辽远

闪电把筋骨弯曲了
成为光芒

手指把力量弯曲了
成为拳头

2016 年 9 月 13 日

芦花放

野生的命。却一生一世

怀着玉洁之心。在湖洲的深处

更深处，放纵广阔的

血缘与根系

以天地大写意，以无言之言

喊爹唤娘，闹出

一场绿色的"暴动"！然后

从骨子里，从脉冲里，抽出本色来

抽出秋雪、香雪、多情雪

哦，芦花放

这大覆盖，这从土地之上

飞向空中的白，飞向蓝天的圣洁

这无以复加的山河恋

叫洞庭一隅，有了

白银般的重量与美学

2017 年 5 月 2 日

夜莺谷

走在你的路上

多么轻盈。请把你的咳嗽、叹息，

还有战栗与长歌，给我

走在无法测量的坡度

我是侧面的哑。请把你高贵而

经久不衰的抛物线

给我，让我常怀

岁寒心，感恩图报之心

夜越走越深，我遗失了灯火

请把你的光芒，无限大的

悲欣交集，给我，让我收藏

支付于此生承诺

行道迟迟，我是你一路的

方程式，有解

只待你振翮而起，唤我江海同归

2017 年 5 月 4 日

一犁春雨

带有古韵，带着相思意

走在河岸上，阡陌上，光秃秃的树枝上

显得多么亲和而含蓄

有大思维、大格调，一贯纵横捭阖

却甘愿寄身在草莽之间

更具有天地心

善于布局，精于垂钓生气，还乐于

给接地气者，施以燃情药

绿是可以引诱的

芬芳与色彩，也有践约之道

就——交心，细说方言与俚语

用千年不改的亮度

不动声色地，一寸一寸地，一片一片地

刺绣水色山光

2017 年 5 月 4 日

雨霖铃

在天水相依处
画着同心圆

多美的哑语。一圈圈
扩散，重叠，刺绣澄澈，化解炎凉

桃花听懂了，梨花杏花苦菜花迎春花
也都听懂了。你仍在说

好像为了万物兴
必须从善如流，一吐为快

好像光阴绿了红了紫了粉了
才名曰有所为

你这怀大道者

你这透明的转瞬即逝的天使呀

我心湖辽阔，你可否
突如其来？

2017 年 5 月 5 日

星光隐

那些柔软的部分

为大地，为江河湖海所接纳

硬的，骨气朗朗的，则

——进入了石头

在那里，它们俯首，紧身，自甘寂落

养方寸心，炼侠肝义胆

不急功近利，无虚妄，无是非

只痴痴等待着

一场血与火的磨砺

多少年华悠忽逝去，隐者呵

终于把浓缩的光芒

化为一笔一画，从固态的黑暗中

赫然呈现。成为——

深刻的字，不磨的姓名，不朽的历史

2017 年 5 月 5 日

规则

他敲破一块块卵石
其实，只是把一些固化已久的
波涛、浪花，驱赶出来
彰显一条河流的造化之功
他一生都在击打那些
圆形方形多边形，那些棱棱角角
使它们俯首弯腰、跌跌撞撞的行程
血肉横飞，却喊不出一声痛
我非恶，也非善。他对人间说——
我只是把做不到的，化为虚无
而能做到的，是让无序
成为规则

2017 年 5 月 11 日

青山纵雪

黑发之中，一丝一丝

渗透出的白

是暗夜里洁净的

星光。是大海从深渊

推上来的盐

是春天特意运作的

点点槐花柳絮。是矿藏下

内质优异的银

是种在土地深处，终获出头

之日的美玉。是信鸽

于云天之外，时光之外，捎来的

咏叹与赞美——

皓月当空，青山纵雪

2017 年 5 月 11 日

娇莲姐

那个腰肢纤细的女子

着蓝花花小单衣

走在垂柳下，羞羞涩涩，暗藏清芬

朦胧之恋微微隆起

仿佛一支粉荷，欲开未开

晚风如梳，梳她的长辫

顿一顿，又把她抿着的笑

揉进了蛙鸣和月光

在荷塘村，她和

她的姐妹，都被喊作娇莲姐

不施粉黛荷花香，不打胭脂荷花色

莲是内质。与乡野有着

不解的情缘

2017 年 5 月 11 日

树墩上的鸟

知来鸟，从哪里飞来？

栖落于一圆

骤然窒息的年轮之上

双翅一扑一闪

仿佛是罗盘中间，跳跃的指针

又仿佛是一面厮锣

从内往外，敲出了金属之响

爪子尖刻而锋利

一动再动，是不是要把

树墩里的悲伤，一点一点抠出来？

刚刚还是紧抿着的嘴

忽然就喊出了

一声锋芒毕露的长调，刺激得

空林子颤颤巍巍

更多的时候

这黑翅膀的精灵呀

则静如处子，就像是一棵树

已然僵死的结局里

尚还活着的一个

——问号

2017 年 5 月 12 日

蜘蛛行

着一袭锦衣，吐纳

天地之气。眼睛细小若无

却藏锋敛刃

看透虚空，洞穿一条条

诡秘的来路

有深谋，有悬胆

富于韬略

——摆开八卦阵，单捉飞来将

总是化腾腾杀气

于无形

黑暗中危机四伏！偏就爱

铺夜色为纸

用别具一格的小篆

走笔飞书，写——

蜘蛛行

2017 年 5 月 13 日

证词

是谁说，如果看不到
自己的影子了，你将死去
进而剖析，那是高高在上的
死亡，抹去了你的灵光
且还以哲人之思，阐述——
尽管太阳、月亮、篝火、白日梦
依旧开出心形的花朵
但古老的洞穴，蝙蝠群飞
将衔走你生命唯一的
证词

2017 年 5 月 28 日

紫丁香

你径自吐着香气
低眉的样子，仿佛是不胜娇羞
东南风吹过来，又吹过去
多么辽阔
你甘愿低回，浅浅笑
一只小雀子唱童谣，有意无意
就扰着了你的心绪。你
放任它，还抛给它两翅清芬
到处是绿，绿如水、绿如海的世界
你绽放出掩映不住的炽热
却执守淡泊之心——
要是能独处虚无，多好
要是能用所有的香，浸淫凡间
和其光，同其尘
多好

2017 年 6 月 2 日

无上道

一头山羊，在崖壁上
吱吱有声地
磨着，它瓦灰色的犄角

呵，万物都有锋芒
都有它
面对世界的尖刺

脸色苍白的人呀
山羊一扭头，看到了
你孤零零的痛

惯性一直在追杀
步步紧逼。该出手了。你
如何亮出自己的决绝？

2017 年 8 月 6 日

女贞

她绿起来的样子
多像是少女，越来越丰满的
青春，砰然一下就
鼓了起来

她站在春夏的拐角处
巧遇一场骤雨
叶子愈发绿了，仿佛是醉了酒
爆出了千万片最纯的情愫

她甜甜地笑了起来
坦露洁白无瑕的心事，分明是
陷落在热恋之中了，要把爱
一吐为快

她口齿生香，说出了

一连串素净淡雅的词牌
谁来填，谁将会
芬芳扑鼻，清气萦回

她要挂果了，枝头上
一朵花就是一个小小卵巢
都怀上了喜孕
只待嫡出，儿女成群

2017 年 6 月 3 日

斑竹恨

相思是无法医治的
陈放得越久，越疼，越咯血
一次又一次，把皮肤都
挠破了，抠烂了。然后
用泪水中的盐
敷上去，自我修复
结痂之时，会以无声之声
喊住，那些业已流逝
成色可疑的旧光阴——请留步
请在常人目力可及的地方
请在我裸露的骨骼上
为那个爱我，又守不住我的王
为自此之后
所有的爱恨情仇
刺绣下千秋恨，万古愁

2017 年 6 月 9 日

鸟迹书

从一片林子
到另一片林子，是独行侠的
颠沛流离
翅膀扇过了万水千山
却无法泯灭
心头冷色调的恐惑
它的声音，像一枚枚纸屑
粘连在大气之中
但那不连贯的叙述
连薄如蝉翼的风
也无法解答
它遗落了巢穴
丢弃下许多信物
它发誓，我不要飞得
太盲目，太急促，太匆忙
可这只漆黑的

孤单单的雨燕呵

被引领着

在一千零一夜

毛羽和命运突然蒸发

归于无

2017 年 7 月 2 日

秋枫辞

秋日来临。它对山坡上
裸露的石头说——
从现在开始，你可否与我一道
隐隐作痛

苍天有眼，苍鹰飞过
它忽发玄思——我要向你黑刀子
一样的翅翼亮出伤口
你若捎带，就带走我的愈合

野菊花一蹦一蹦开了
仿佛是被敲响的鼓点
它不由得悲欣交集
告白人间——这才是撼庭秋

西风里，夕阳衔山

它无法不喊出心头的块垒——
落日呀，我也有着你阔大的病！也将
全部咯尽心头的血……

2017 年 8 月 6 日

蚕

啃桑的时候，从边缘

开始，下嘴精准

吃下一幅又一幅绿色地图

构建自己的小宫殿，大宇宙

摄入多少，就从

血肉之中抽出多少，密封——

无欲之欲，无心之心

在自成一体的帝国

做自己的王，自己的臣民，用自己

的死，掌管自己的生

白禁锢黑，黑又紧裹着

一粒洁白的玄思

只待——天光重启

2017 年 8 月 7 日

朝下

雨落下来时，头是
朝下的

鸟饿了啄食
头也朝下，求得廪实之仓

稻子与稗子，成熟了，就一起
俯首，感恩泥土造化

婴儿成型时，倒立着，低垂着头
离生更近，离世界更近……

2017 年 8 月 18 日

闪电中的天使

止于惊叹！
深蓝色的长剑之锋
已撕裂青苍

独舞者，为谁
呈现？为谁洞开审判之门？

翅子上的灵光
低于天启，却高过了
所有镀金的冠冕

人间万物呀，请予借亮
借一道昭示内心的
闪——
一次获救，永远获救

2017 年 8 月 19 日

含羞草

低垂着腰身，低垂着爱
叶片儿舒展，有着多么专注的 V 形
纹路。宛如指尖儿朝上
向南——唤取东风里一丝朝雨
向北——叫雪山上的白，入骨融心

暗绿绣眼鸟飞过来了
春天的邮差呀，带来了谁温润的体香
小桃红，白云朵，鹅黄柳信
还是一头梅花神鹿？昨夜三更
它悄悄辞别了海角天涯

来吧，来吧，但是千万别碰
哪怕轻轻一触，我的心，也会羞煞……

2017 年 8 月 19 日

秤砣

喜爱它的重，相对于
那些经营尘世的轻，以及盘子里
不露声色的浮尘

喜爱它垂直的线条，有绝佳
平衡术，或前移或后退
总是选取一颗高贵的星宿，停下身段

尤其喜爱它的沉吟不语
不饶舌，不苟言笑，只沉甸甸地
感应天地之心

2017 年 8 月 22 日

断碑吟

一记沉雷响过！喊出
了青冈石内，隐忍多年的
闪电

斜挂下来，仿佛是一把
无形的削魂刀
断送了最高处的声威

名姓也剥离了，一个朝代的
黄金之享，身首异处
没入衰草斜阳

曾经是多么重
一朝减去——苦撑着的骨质
竟薄如一纸阴文

把伤口留给自己

把疼

留给千古江山

2017 年 8 月 23 日

开福寺

月瘦下去了，清露敲钟
夜色浮肿，檐下的风铃醒了瞌睡
谁把脚步从数里之外
带来，在一蓬衰草的浮生处
他听到了蝈蝈吟哦
呵，这有血有肉的音符
多像是一粒中成药
正在为黑的暗疾消炎，给石门祛暑
也替自己的
骨质和禅意除湿
生出明净，和一颗悬壶济世之心

2017 年 8 月 28 日

天香引

倘若离得再近一些
那红那紫那粉，那蕊中的一点金
就全都要挣脱自身了，进入
你的磁场，你的意象
你秘密的风水

那么，就借用花仙子
爱意充盈的手指吧，从开得
最盛的芳菲里
抽出一朵朵香魂，植入
你的雅，你的浅浅一笑

藕池河吹来的风
正为如瀑的长发加冕
蜂子环绕着飞，水晶般的翅膀
沾满蜜汁，给一袭藏青蓝

画出了两道银河

湖乡多么阔远。水色天光
镶嵌着众花之美
更美的，是你的剪影
微微弓腿，稍稍前倾，仿佛就要
射出一生的追索

拈花而笑，择美而居
亲人呵，我的心
可否成为你的一方秘境
可否为你的圣洁与慈悲为怀
酿出一剂天香引

2017 年 9 月 11 日

整容术

若要卸，就从我的骨子里
卸掉火石。我的皮囊挪空之后
已不适宜燃烧
还可卸下的，是一声
叹息的末尾，走犹未走的痛
和一点良性罗曼史
要不就卸除手指
对这世界肤浅的抚摸
触觉多么粗糙，削减了感知
更好的，是再一次卸除
我的浮生之光。如此，黑暗中的
无间道，加上一损再损
才会趋于完整

2017 年 9 月 11 日

梅子

总是在将黄未黄的
时候，过故人庄，让四月
生出鲜艳的锈
喊住几只提灯的燕子
穿林打叶前
切切记得放下绫罗
天气酸甜，每一味
心事，都宜小品，不宜大唉
不宜伤离别
叫上一声梅子，表妹一样
的雨，就有了
注解与江南风情

2017 年 9 月 12 日

镇尺

雷声破门而入时，也只是微微

耸一耸肩胛。心怀一贯的守身之道

食古不化，还没有学会痉挛

有一块地盘真好，大而言之叫作江山

往小了说，是诗意的栖居之处

取静态，取守势，逼退最小的风

挤压心猿意马，物我间的空隙，飘忽感

锁住纸上的风水和笔墨之魂

籍贯僵硬，却开掘出了

多么平稳，多么温润的品格

就凭着一尺之躯，镇守三千年水墨

延绵不绝的锦绣芳华

2017 年 9 月 26 日

抵达

半夜醒来，要重新进入美梦
是徒劳的。但噩梦的断口，却常常可以
衔接
我们可怜的身体里，都藏有
超越本性的容器，敲破了
不可能再完整，只可以锤打得更烂，更碎

2017 年 9 月 27 日

秘籍

把玄思折叠出层次，本色
升华到一个断面，就开始默然铺陈
走失的马匹、松果、东南风
以及神灯与逝水对白时，打开的话匣
天气转凉，雨林收藏心事
天生之物，总会忍不住
一块比一块青，一块比一块通晓尘缘
来呀，谁若揭起，天会诵读
谁若修饰，胎生的执念，是为盈余

2017 年 9 月 27 日

菩萨蛮

有自己内心的安详
讨厌暴力。但一柄为铁石心肠
所驱动的锤子，已然
举过了最高的限度，就要狠狠落在
必然的痛点之上
无法躲避！那就提醒
血肉之躯，再硬朗些，再高贵些
在粉身碎骨之前
或可一叹，叹世上可叹之事
或可一笑，笑天下可笑之人

2017 年 11 月 23 日

敬畏

要让石头发声，那些话语

令大地沉默

硬性的词，带着

火药味，与虚构一决高下

铁是感叹号

木是分割符

都站着，认所有的同道者做兄弟

多少次从石头的骨子里

承接同音字母

然后扩展，仿佛是走出了迷宫

石头的发言权，从来

有想象力，有大空间，举重若轻

它所直抒胸臆的

正是我们，对这个世界

默无一言的敬畏

2017 年 11 月 25 日

石头记

与石头相处久了，总会
有一块开口，授以处世之道
——要学会忍耐
从另一个世间过来的
都知道，暗而又暗，久而久之
或可成为圣典
而另外一块，仿佛不耻下问
想从锤头的击打声里
寻求几许修身之道
不久它就开悟了，有了平常心
有了辞理——
裂纹恰如闪电，尽可随遇而安
也有些边角料，形状各异
一副副不得志的模样
其中有谁感慨——
世道无常，世道莫名，什么时候

能来一台庞大机器

先把我们粉碎了，再凝于一处

竖起来，成为——

时代不朽的纪念碑

2017 年 12 月 2 日

林泉约

你若要来，就背着春天偷渡

来一场关山度若飞

就在我的心里种豆得豆，唱相思谣

且打开向外的窗子，一起

看破红尘。你若不来

我必定放马去追，将万事万物

当作你远大的背景

请使用拖刀计！把我骨子里的三千匹

胆力与执念，杀一个片甲不留

其实来与不来，你我总会

相遇，在山河表里的某一处

品茗或饮酒，大爱一场或大恨一场

无胜也无败。无非都是

方外之人

2017 年 12 月 14 日

冬日林中的小松鼠

从渐显苍黄的草叶间

窜了过去，仿佛在

冬天疲惫的略显病态的皮肤上

挠出了一道黑色的爪纹

枫树上，那些曾经

无比亲切的叶子，都随风而逝了

多么沮丧，就如同

自己最为熟悉的一纸家谱

遗失了姓名

它仍然爬了上去，选择一处

枝丫，蜷伏下来——

要等待命中的一场雪，一场天下白

它呀，一动不动

多像是一口活着的钉子

正把悬悬一念，钉牢在无妄之中

2017 年 12 月 14 日

知风草

东南风来不来，我都要

起伏，小小的腰身满含了青涩

羞不可言。露滴歇了下来

让一片片柔情的叶子，仿佛都怀了

身孕，仿佛就要

说出昨夜月光授受的秘密

我抖开一身的敏感

听三两只雨燕，把春色

裁剪成了醉玲珑

我多么偏爱

自己与生俱来的野性之美

我多穗，多汁。我就要吐出我的

五步香了，从现在开始

随风而散

2017 年 12 月 16 日

借一朵雪

仿佛有凭空作法之术

喊一声来，就纷纷扬扬来了

那么柔柔的白

是不是一个时辰

惜别另一个时辰的泪花？

有偌大一朵

带着浅蓝色的体香与心事

不偏不倚，径自

落在我的鼻尖儿上

这圣洁的一吻

该是，来自于一处遥远的梦境

那里东风渐暖

江波之上，燕轻飞

浅草们有着目不暇接的远方……

我心此刻

是江南一隅，裴公亭下

那修行多年的白鹿

她多么灵慧

借着一朵雪花，捎给我一场

洁白的念念与暖暖

2018 年 1 月 5 日

无又无

昨夜还静而又静

白在草叶上，摊开坐禅之心

一早起来，却不见了

去往了何处？遁入了哪一扇空门？

翩翩御风而来时

鲜衣怒马。又匆匆

羽化而去，如恍然一现的昙花

是不是害怕，在这

人间，会速老，会命比纸薄？

或者是读通了某句箴言——

来即是去，去即是来

无又无

2018 年 1 月 8 日

锯木场

拉锯者一上一下

成骑虎之势。无论圆的，方的

不圆不方的，都必

消受胯下之辱，切割之疼

那么多剖面，皆不见血

却露骨质，露本相，露内心里

深藏的善恶是非

在上为天，在下为地，居中则是

无所不用其极的人间

锯齿呀，有锋芒或者无锋芒

都请手下留情

给木头们

或一条活路，或一个死法

2018 年 1 月 18 日

磬口梅

冷峻，铁青色
站立在阅尽世态炎凉的
大白之上，如同
掷地有声的一幅狂草
居身无病
花蕊间，却年年咯血
吐在枝头，吐在
重重寒意的缠绕之处
轰轰烈烈
每一回都像是大爱了一场
骨子里头的
锋芒，从来含而不露
只举着——
一朵朵笑，一杯杯檀香
醉雪，醉自己
也醉报春鸟的翅膀上

一剪又一剪

东南风……

2018 年 1 月 22 日

红月亮

写信的是谁？端坐在
那空茫如一声浩叹，辽远如一场旧痛
的无人之处。写了些什么？
天问，静夜思，长恨歌
还是行书一幅——不思量，自难忘
又或者，只为询问
人间冷暖。那一些
大大小小的病，大大小小的
忧患，是不是都在服药，都在治愈之中？
信封多大呀，天涯为
深蓝，到得海角，已呈淡黄之状
并且一折叠，就把
所有的星光通通装入其间，成为
一个个标点与形容词
邮址确切，收启者众。拆阅的人
已等了岁岁年年

感谢天上邮政，慷慨一出手，就盖上了
天地间最大的一枚
邮戳

　　　　　　　　　　　　　　　2018 年 2 月 2 日

伐木者

挥动的砍刀，其锋利

来自于内心深处越磨越硬的茧

偏安一隅，无人

识察，却有着日积月累的

块垒、异象与暗物质

先放倒几棵树，然后放倒一片虚无

都与生存之道

成正比，是善恶之心

切入年轮的总爆发；是不露

声色的原动力

超脱了

一切死生契阔

2018 年 2 月 19 日

雪人

一眼望去，地面上的雪

都消失得无影无踪了

唯有雪人待过的地方

却还留着一堆白，一堆真气，久久不去

仿佛垂暮之年

还没有完全落尽的银发

仿佛一头饿羊，在等青草

仿佛一只趴窝的天鹅，尚未振翅高飞

什么都不成形了

所有的过往，都风流云散了

似乎魂还在，不会瘦

还在挣扎，不忍离开

它是多么不舍

这短而又短的一生

2018 年 2 月 27 日

肉身里也有雪

肉身里也有雪

但不降落，而是悄无声息

往上长出来

这一场飞扬，多慢呀

仿佛水滴石穿

仿佛芨芨草，成年累月

拱着碧血山河

不溶化，含有千万种磨难

炼就的铁质

不冰冷，却料峭

如同物我两忘的命理

如约而来

就是为了覆盖。覆盖了

就是一座

高不可攀的大悲欢

2018 年 6 月 2 日

次生林

有的活着，有的
死了，有的半死不活
活着的绿意当头，死了的一身黑
半死不活的则如冤大头
憋了满肚子气，却等不来
一纸宣判。一棵棵
各有其姓，各有其名，各有其家谱
也各有其生存法则
但上天，只在春分时节打了
一会儿瞌睡，它们就
或者滋润，或者凄苦，或者
野茫茫，命无常

2018 年 6 月 28 日

裸船

桨叶已被冲走,竹篙

不偏不倚,插在一堆卵石

固执的臆想深处

上滩或下滩的号子,像血脉中的

气数,被苍鹰一一叼去了

这一只长年累月

走在波涛之上的鞋

只剩下躯壳,以及遗爱和遗恨

趴在荒草迷离的岸上

面对水

望尽天涯

2018 年 7 月 4 日

失语症

从此时此刻开始

我将不置一言

风，总是从石头里取出呼吸

而我，将在骨子里

安妥沉默

门是大开的

看得见形同虚设的黝锈色的锁

——是不是

谁的嘴与谁的风水？

有时是象形的

有时因

虚掩的悲欢而不复存在

我是缺乏重金属的人

无多的钙质

也在流失。唯有

——三缄其口

久治不愈的人间呵，为什么还在
夸夸其谈？

2018 年 12 月 28 日

江雪

舟子快要载不下
越来越空空如也的那些白了
却依然浮在清冷的
世相之外。系舟的岸柳
犹还挂着几叶枯黄，临水照影
仿佛正托物感怀
树下垂钓的人，老得
不能再老了
却仍在钓雪
钓雪中的枯山瘦水
钓一叶孤舟的
白雪无尘与隐世无争

2019 年 1 月 2 日

海浪与礁盘

形状与形状，总是在
互相制约。各握着斗狠的利器

虎跳般的雄心
落下来，或许就碎尸万段

死死咬住牙关的
多么硬，多么坚挺，也必自认消磨

伤害中的快乐，快乐时的伤害
无法错开的生死观

2019 年 1 月 4 日

梅花引

七分胜雪。总是在

开得最盛的时节，缕缕芳魂

却一步步离去

宛如水墨画中甩动长袖的狐仙

脉脉含情，悄悄

卸下了牵系。又于青烟

缥缈处，抽出来一丝丝依依不舍

走得多慢呀

是滑过白琴键上的

一个个颤音，是从素笺上

抖落的无限惆怅

三步一回头，仿佛

生离死别……

2019 年 1 月 22 日

悲欢饮

举起杯子，可以

把一场突如其来的风雨放在里面

摇晃起来，动中有静

有无尽的隐忍。若又一次举起

能将一怀万古愁

尽释其间，化而为水，为火，为笃定的

三千丈得失相当

若再一次举过了高傲的眉头

那里面必会

满满盛着一座江山。碰杯者说：干！

几多刀光剑影，一哄而散

2019 年 1 月 25 日

蚓鸣

泥土深处的雷

带着深藏若虚的尖利

要刺疼黑暗，要

划破一个季令迟疑不决的神经

所有的根被唤醒了

水分子躁动不安

每一只雨燕，都伸长了细细的耳朵

这肉身之弦呀

一弹一拨，奏出来

多么热情的生命畅想曲

这二月里一根

带响的引信，把自己点燃了

也把春光点着了

2019 年 2 月 1 日

看一队蚂蚁浩浩荡荡的仪仗

黑盔，黑甲，在烈日

熏烤的石板路上，轰隆隆推进

首尾相衔，仿佛正

赶着去赴一场生死之约

唱响自己的军歌

冷兵器一般的旋律，细微若无，却

搅动了整个地磁场

步调一致的士兵。力大无穷的

搬运夫。不达目的

决不罢休的杀手

以命为墨点，以一生为青笺，笔意灵动

把曲曲折折的征战史

写给人寰

2019 年 2 月 26 日

路轨

等距离。多么
令人惊叹的规则与自我压抑

不近一寸，不远一寸
残酷的爱，近乎绝望的对称美

恨不得即刻喊出心头的块垒
却一辈子卡在骨头里

现在与未来之间，一个
无限延伸，永无交集的等号

命运之轮，在平行之中
也在平行之外

2019 年 3 月 15 日

老血脉

这一片青山，用故园

二字，就可概括，就可收归己有

那些树木、花草，那些

生于斯长于斯的鸣虫啼鸟

都是近邻，甚于远亲。都有着

年年月月日日，被露水

擦亮的胎痕与名字

我都爱着。但我

爱得更精确一些的是茶树茶叶

爱得更飘逸一些的是弥漫的茶香

爱得更执着一些的是它们的祖居之地茶田坳

其实我最爱的，不是

嫩嫩的茶尖，而是那些粗扁叶

肥大，厚实，老成，本分，不卑不亢

井水洗一洗，日头晒一晒，烟火熏一熏

再用沸水煮上几滚

熬出原汤原汁来，就成了茶田坳

千年不散的老血脉

2019 年 3 月 18 日

放下

一堵墙比另一堵高

或者比另一堵要低矮，自有其

命数。无论怎样

坚韧的前额，都不可进入

在一处碰过之后，必会在另一处

重复心中的块垒

如今穿墙术，不再四处流传

那一些玩忽职守的巫风

常常会被，细微的砖缝卡住骨头

面壁或破壁

过不去与不过去

从一个心间到另一个心间

或是无中生有

也可能正是——现在进行时

2019 年 6 月 7 日

黑夜里的一棵树

巨鸟一般的影子

比黑暗更黑——黑中之蛹，黑中之核

在一段夜路的骨腱

聚集起十万片叶子的胆量

随着风，发出了

扭曲的低嚎。像在讴歌死亡的沉重

又像是在为不请自来的

压力，唱着大幅度的赞美诗

远远望去，

它摊手摊脚，分明是夜幕中一个

吸食了无尽时间的黑洞

腰那么粗，那么壮，又如同孕妇，或恐是

怀上了一千年的光明

2019 年 6 月 9 日

燕尾香

仿佛是迷路了
逗留，徘徊，踟蹰不前。如同一个
丢失了花头帕的少女
找不准溪谷、阡陌和林荫小道

从左边进去时
是自己，从右边进去时
仍是自己。反反复复，怎么也无法寻见
去年那一场不该错过的东风

有克己之心，甘愿深陷于
自古而然的迷恋之中
纠缠着一群一群嗡嗡哼唱的蜂子
在每一扇翅翼上化为三原色

摆下人间的迷魂阵

给树叶说情话，给溪水唱多彩的情歌
软化石头的心事，用世袭的芬芳
裁剪流光

2019 年 7 月 7 日

古桃核

做一粒处变不惊的
骨头，远恶气
让身外之物缩小，再缩小
日上三竿了，就带着
昨夜的月色和凌晨的河风回家
扁圆形的仓房里
适合收藏青涩的爱情。然后发酵，嬗变
一点点，从酸到甜
到最大的人间也盛不下
用核中之核，唱无字歌，唱生，唱死
唱生死不移的执着与眷恋
来日当远行。命中
注定的寂寞，缄默无语的形态
必定会砰然爆裂
总有谁，是可以托付终身的。那就
再一次敞开自己

三千年开花，三千年结果

三千年只是——

一刹那

2019 年 7 月 12 日

惯例

那站着，而不行走的
是对天对地的一个孤证。比如
一棵树，一块碑石
或者是流水中的一只桥墩
广场上的一根旗杆
他们都各自活着，各有各的活法
而且都毅然背叛了
仿佛无所不在，却无可避免地死亡
许多年一晃而过
太阳依旧照耀。它们身下
那些原地旋转着的无血无肉的影子
在某一个正午或者傍晚
竟突然有了痛感
而且，痛不欲生——

人间辽阔，为什么哪一个惯例
都不可更改？

2019 年 7 月 12 日

幌子

绝句是有身世的

并非谁都能拿得起，放得下

譬如一伙雪

同时落到江上，从最初的那片到

最后的那片，都会化为水

而那个手持竹竿的人

钓不起明月，也钓不起清风

因为无所有，也无所无

只能独钓寒江雪

天晓得地晓得，许多的修为已趋化境

他却忽然悲从中来

想到一条江一场雪，再怎么

浩荡怎么白

也都只是生前身后

道不明说不白的一个幌子

2019 年 9 月 28 日

老雪

白得成了一句

遗言，一纸悼词，却仍然咬着牙关

在白，缩紧了骨头在白

仿佛唯有如此

才能对得起天地良心

待在一座房子浓墨般的阴影里

蜷曲于一面山坡

暗得、森严得如同铁铸的某个部位

动凡人无法窥见的心思——

自己白自己的

不白则已，白就要一白到底，守身如玉

却不知黑无常白也无常

恍然已是悲白发了

就要化白为水，白非白了

再怎么强打精神

也只会一老再老，一小再小！如同是

戏台上布衣老生的

最后一声道白——

此去也，后会有期却无期……

2019 年 11 月 30 日

牙齿

秋色已开始全面

退却了，阿冈昆山径边的棘丛里

犹还热热闹闹

开满了紫铜铃般的小野花

我伸过手去

欲摘取一朵，闻香识色

却被枝条上的

一根根刺，恶狠狠地扯住了袖口

它们黑里透红，偏暗

三分静气里埋伏着七分杀气

一身硬，分明

是把自己的身家性命

长成了一粒粒不惜命的牙齿

它们看上去多么细小

却动用了，最大的心机与心力

固执，偏激，不依不饶

决绝地咬住了
我的轻举妄动和尘世间的爱恨交加
它们呀——
仿佛为这一刻，已经足足
准备了一生！

2019 年 12 月 1 日

罗丝滩

纵使泥沙俱下
英雄与时势，也会被剖开
被堵截。允许一部分
流光和鱼群的喋喋之声
高高在上，安之若固
也允许飘荡的一簇
高开低走，屈膝于一枕黄粱
命里有长安道
若是缺少了分寸
就会走到黑，走到百无是处
该打住时就打住
该放开手脚时
不如忍住疼，守住一个
时代的是非之心
摆开自己的阵脚，厮拼一场
那些盘旋而至的路途

向上，向下，向左，向右
都是慷慨奔赴

2019 年 12 月 13 日

天门谣

一千匹一万匹白马
飞奔而过。人无法看见
只能看见风——
那是上天，许的一道护身符
迁徙之中，黑暗
会打开生锈的笼子
谁心猿意马
谁裹足不前，谁就将自己
为自己设下反间计
蓝精灵身轻如许
总是携带着前世修来的孤傲
和内心之中被
冷落的部分，倾巢而出
江山如画，却有着
一些不安分的
颂词。删减中的夕照

还没有最后沉落

万物无眠。且就着一道

水脉的灵动之状

或在源头，或在末尾

点亮再生之光

2019 年 12 月 15 日

落木书签

终是要离开的
喊一声走就走了。叫作滚
也叫作壮士
一去兮不复还。如同
看不见摸不着的
逝水里，一条泪眼汪汪的鱼
树枝高挑，再怎么
吊着三钱命
也徒然，也枉然
走不归之路
无法规避，那就自行选择——
徐徐落到一块
灰黑色的青石碑上
贴住那几行
死亡了却又依然顽强凹陷着的

正笔字，做一枚

——落木书签

2020 年 1 月 1 日

雨打骊厩

雨打骊厩，却
敲不亮那些被锁定的暗记
无字，从来就是
一页被象征的断代史
最大限度地
接近了真相然后又甩开了真相
那些逾越了死亡
的道义，吮吸着雨水
丝丝滴落时如泪
若由表及里，悲从中来
则如血

2020 年 3 月 1 日

铁插销

门上唯一的

锁骨！以一己之力，抵御

所有的外侵与偷窥

有疼，有大疼小疼长疼短疼无常之疼

直至一点点

从里往外疼出斑斑锈迹来

仍然咬紧了牙

一声不吭，一声不响

仿佛这才是

一辈子享用不尽的独乐乐

横下一条心——

该守住的，必以死相守！

守秘密，守道义

守口，守形，也守命……

2020 年 3 月 8 日

旧信封

地址，邮编，姓名
都老了。那枚黑色的邮戳
也老了，暗淡无光了
仿佛一只
熟悉而又陌生的眼睛
那些折叠的岁月
那些被蓝墨水浸淫过的词语
早就掏空了
不知所终。只有
封口还敞开着
宛如往昔时光里一张
无法闭合的嘴
——人生如寄，欲说还休

2020 年 3 月 9 日

白蝴蝶

春风之中，众草之上
一朵多愁善感的水印

小叶形翅膀，左边
是疼着的，右边也是疼着的

扑扇着，飞行着
携带着与生俱来的隐忍

细微若无的颤动
像是恨无所恨，爱无所爱……

2020 年 4 月 1 日

密码

凡活着的物事，必然
排列有序。天下大乱只是一种
说辞，其实乱无可乱
鸡蛋大小的冰雹
在前十里落下，后十里却无
光秃秃的枝杈上
逢春发叶，每一片都会各就各位
众多的蝴蝶
脱茧而出，小翅膀的花色
从来自带了命理
马蹄能不能踏住飞燕
俯首与仰视
你说你的，我说我的，都是形而上
谁凭空抓住了
闪电的拉线，谁就有了头绪
就能在有始有终的

雷鸣之中，一一破解，一一道破

大悲欢的小密码

2020 年 4 月 6 日

尘劫

有缩身术也有
膨胀术，一贯神龙不见
首尾。小眼睛是
微微眯着的，仿佛入定了
又仿佛就此
别过了烟柳繁华地
休眠在无有之无
但有烈性子，有既定的法则
常常会断然出手
起动骨子里头的雷暴
叫天底下
认命的不认命的，都防不胜防
理直着，来龙去脉
却是弯弯曲曲
常常是哪个说了上句哪个
接着又说下句

一局棋，有时法乎外

有时困于内心

像是天罗地网漏失了池鱼

胜焉？败焉？

提刀者已然乘虚而入了

刀口下躺平的

物类，都危如累卵，逃无可逃

2020 年 4 月 6 日

沧浪谣

中年人，他在河边
吹笛。他面对着一段迟缓的河流
河床的最下面
沉淀着他大半辈子的
无可言说
他不紧不慢地吹出了笛音
颇有几分像是
他正在打磨胸腔里那些
沉默经年的锈

中年人，他站在一块
卧虎般的石头上
吹笛。他用七孔回旋曲，提起河流
给卧虎喂水，也给
自己头顶早生的华发染色

染上
青苍如幻的沧浪谣

2020 年 4 月 17 日

在江边听圆号

放低了调式，放矮了
身姿。它是不是
铜管一族中的忧郁症患者？

面对着古城墙
黑黝黝的一排垛堞，它沉沉地
发出了遁世之慨

脚下逝水东流
号音也东流。有最大的定力
也无法拦阻自身的
光亮，哑了一寸，又哑下去一寸

细雨霏霏，苍鹭
临江。双翼上的羽翎
迎风抖擞。仿佛飞得很轻很轻

又仿佛飞得很重很重

是不是衔着了一管黄铜之中
——寥廓的音色？

2020 年 4 月 18 日

招式

用拳，用脚，用棍棒
或者用刀，用剑，用长矛
更胜一筹的是
用计，用攻防大法
而那些胸怀丘壑的人，是用心
看得通看得透
是一招。偏偏就是
不去看通看透，是另一招
通非通透非透
从没有看过，则是招外之招
而想得开放得下
这世袭的轻功，几千年了
都是——无招胜有招
每一招每一式
不在这儿等着，就在那儿候着
你见招拆招也罢

他见式就式也罢

无论有所用，还是有所不用

到得头来

仍有着——无用之用

2020 年 4 月 18 日

丹葵引

怀有多少炽热

才能倾吐出，这接近于

死亡的金黄

大野之上，高傲到了极致的

语言。仿佛是

十万匹烈马于无声处

奔突而来，每一只

蹄子，都敲出了追魂散

太阳的女儿呀

其实——是羞怯的静笃的

那么绚丽地

盛开，只是为了释放

内心的挣扎。只是

为了用世世代代相传的花语

把对尘凡沉默的爱

喊到爆!

2020 年 6 月 2 日

孤子

在棋盘上纵横捭阖
无论执黑还是执白，他都暗暗
揣着落败之心

追杀，绞杀，或者扑杀
是不是道中道？
谁又刻意，将谁陷于不义之中？

他也有杀得性起之时
得势了，突然就浑身虚脱了
手指上夹着的一粒，落无可落

败是结局，胜只是
偶然。赢家，总会有一个
打不过的劫

他常常望着天，自己

对自己说——

终南山上月，是人间的孤子

2020 年 6 月 3 日

鸵鸟之舞

仿佛翩翩欲飞

但终究还是

放弃了。大地的引力——

最具神性之美

长足起舞

一扬颈，就踏破了十里东南风

命里有秘密的钟摆

有原动力

旋转着，才是对自身的

敬重与敬畏

瞧呀，它所有的羽毛

都抖动了。一朵

硕大的血肉丰满的舞者之花

盛开在绿野之上——

恍若是民间

正在完成的一个礼仪

又像是听到了

上苍的呼唤，它深情款款地

回应了一声……

2020 年 6 月 8 日

登南岳致李白

内心有雪的人

乐于承受所有的白

兄台呀

这就是了——

那一日你血脉里的酒性

刚刚发热，刚刚

散入一场久违的雪

八百里南岳

就三月春满，四处扬花了

你留在石级上的

屐痕，带着盛唐的气色气韵与气象

深深浅浅

根植于垒垒青苔之下

今日何日？

我竟然一一拾取了

每一个词性，都在一俯一仰间

得以升华，别开生面

你是雪白之白

也是天下大白的白

你于衡山播种下的诗意

至今犹在飞花

犹在一个后来者的诗骨里

发酵，酿酒

生出一袭又一袭醇香

2020 年 7 月 15 日

虎跑泉

石壁内有蛰虎

气息如沉雷。可大啸、大吼

也可大隐于三千

兰草之下，不声不响

化而为长流水——

清冽，明澈，纯而又纯

像是南山的

一道血脉。又像是古刹梵音

上千年绵绵不绝

泉水渗透人间

细无声。唯有在夜的深处

自我的更深处

才能听到一匹虎奔跑

的四蹄，踏踏而来又踏踏而去

敲亮了无我之境

与月色千山

2020 年 7 月 15 日

美人池

山愈深，鹧鸪
之声越众，宛若是许多青衣
在各自吊着嗓子

池里的浮萍，依然绿着
有旧韵，有古意
也有着对大世相小世相的种种不屑

但从不言说
只是痴痴守住南山之中这一面
深藏若虚的镜子

上千年过去了，临水
照影的美人，还在吗？迟暮了吗？
是否早已爱无所爱？

薄暮将近，我们驻足池边
半池夕阴。半池树影。半池止水
忽然起了微澜

恍惚有水袖动，有碎步凌波
是不是一袭芳魂犹在
刚刚出浴，超凡，脱俗，脱尘……

2020 年 7 月 19 日

破局

有没有占有欲？

钉子不说。固守于方寸之地

默默坐自己的禅

循自己的道

看不看得到昼夜交替星移斗转

无所谓

那都是人间的平常事

只稍稍顾忌着

身子内的暗与身子外的暗

孰短孰长？

谁又是谁的不解之惑？

锈是内心的杂感

总会要长出来

然后在一身骨头内外，布下

星星点点的痛

直到——

该松的终于松了该烂的终于烂了

自己破局而出

无欲一身轻

2020 年 8 月 13 日

飞雪寺

山门积雪。长尾巴
竹鸡嘀唤了一声，背景空阔

银杏树的影子
愈见得淡了

门外，僧人扫雪
雪沙沙响，虚静也沙沙响

无边的白，像是由近
而远，又像是从有到无

2020 年 11 月 30 日

尾骨

谁将尾巴割去了

只剩下尾骨——这血肉之中

暗藏的坚硬

而又永不消亡的一个闪电

居身于背脊之末

像断后的将士

咬住牙关，支撑起生命

如山的重量

三角形结构的

最下端，尖锐的预感与痛感

是进化史所

赋予的伟大的利器

时时刻刻

对准了地心

校正着——

一生的轨迹与坐标

2021 年 1 月 2 日

定力

背脊上有翠色
是不是春天特意设置的
一枚胎记？
半蹲在江边的岩石上
不鸣，不叫
也不抖动翅膀
就像是一个
霓裳舞者，旋风般飘转之后
刚刚停了下来
一双绣眼
打量着沧浪之水
——江流无限，江声阔远
小小的爪子
白里透蓝，一动不动
把定力，写入了——
石头的深处

江山的深处
内心的更深处

2021 年 1 月 10 日

秦人古洞

深不可测必是

遗留之物。说是多么迢迢

多么苍苍都不为过

鸡犬之声而今

闻无可闻，那一叶扁舟

早已穿越了

梦里的三千亩桃花，不知所止

石壁上有苔藓

于明明暗暗处，可摸可触

像是远古的歌谣

尘封后，犹作弦外之响

那么多的长流水呢

都老死了？却有

一滴，自上而下恰巧落在

谁的鼻尖儿上

无声，无色，无味

如秦人泪

2021 年 2 月 8 日

双盾木

山坡斜出。水汽
如水袖，自阳谷之底甩了
上来。你把身上
所有的冠钟——白的粉红的
都叮叮当当敲响了
听得鸟雀子们熏熏欲醉
你腰肢柔软
袅袅如旦角，如被春意
纠缠着的水仙子
舞动起来，绿色又深化了三分
而更玄妙处
是你满怀了济世之心
总会在
无人意会之境，用骨血

酿出些无名方剂

相帮着众生，祛一点疾苦

2021 年 2 月 10 日

胭脂湖

翅翼无穷大，才
配得上说——万物归心
春天的温度
是与生俱来的
该孵化的都孵化了——
杂花生树，石头血压升高
泥土间的草叶
拱起了爱美之心……

而胭脂湖——
这胎生的又圆又大又深的蓝酒窝
早已是
绿意盈盈水色汪汪了
一群群紫燕飞过
脆脆地叫
就像是滴下了一串串胭脂醉
而倚靠在岸边的

竹筏，早已按捺不住
桨叶儿一剪一剪
荡开了千朵万朵的胭脂痕
——天光在晃
——云影在晃
——湖山在晃
仿佛是给湖乡春色
着了一抹胭脂晕……

2021 年 3 月 4 日

惊蛰

雷从来都是

空悬之物。大隐于不可见

却又大震于天下

一发声

即为惊世之慨

石头下泥土中草根深处的

生灵

听得这一记当头

棒喝，该醒的不该醒的

全都醒了——

惊百虫而春泥动

惊一犁而雨色新

惊叶叶绿，惊花花开，惊山水

而山水秀外慧中

如若是惊着了

阡陌上那个杨柳细腰的女子

在一声声雷

迫不及待的催促里

她的春心

会不会滚滚而来？

2021 年 3 月 5 日

采桑湖边

那些细密的雨
是有心思的

在柳丝上喃喃絮语
说的是爱，还是爱而不得？

水鸟们或双飞，或群飞
翅膀愈见得清亮了

三月里交心求偶
一场雨水，就是一场喜宴

烟青色如水墨
湖天阔远，如特意留下的白

长堤上走着的油纸伞

是不是春天的神来之笔？

在采桑湖边
画下油菜花菖蒲草不尽的缠绵……

2021 年 3 月 9 日

抱朴

那么多小不点

油菜籽，却襟怀阔大

可以长时间

抱屈，默守仓廪不动声色

也可以在油坊内

任碾，任压，任榨

抱恨整整一生

如果撒入泥土中，就会

抱紧了自己

静待出头之日。抱着风抱着雨

抱住每一分每一秒

脱壳，破土，抽芽

将小命，开成

成千上万的小花小朵

在原野之上

铺花毯，镶花边，

灿灿然做一回

春之神金黄色的花仙子

直到卸了东风

卸了花容，卸下十万亩天香引

又一次归于小

抱朴，怀素，守望……

2021 年 3 月 9 日

刺青

骨头有底色

看不见，只因是藏匿太深了

浮在表面的皮层

若扎了针，见了血

就会呈现出

天青色，或者是暗蓝

星光的迷幻之状

锋芒隐秘，却又无所不在

从内在的痛感

一点点默化

直至成为外在的日渐叠增的快感

如同一曲——

可以涂改但无法抹杀的

色空之歌

2021 年 3 月 25 日

蓝星花

在夜色之中渐入

佳境，如同一头美丽的

长颈鹿，沿着

草青色的地平线缓缓行走

为什么会梦见

阳光、盐、青铜器与

弯曲的流水？

隐形鸟羽翼宽广

其声欢，是在为谁而鸣？

为谁唱出了白云谣？

石头紧闭的嘴

也有了述说的欲望，欲罢

不能

哦，幽蓝而

静美的花瓣所紧握的星空

今夜低垂，向着

麦子和稻子的故乡倾斜

大地的花园

神秘的爱，在温馨的暗示中

如同众生一样醒来

2021 年 3 月 25 日

定义

那在山岩之上
闪电般掠过的豹子
怎么也
丢不下的是身体里的
奔跑。井中取水
木桶内外，有一定之规
咕噜汲水的声音
其实是内心
从不休止的轰鸣
烈日下黑蚂蚁
结队暴走。这生物链中
最长的省略号
唯一省略不了的就是
活着与死去

2021 年 3 月 30 日

救赎

身子里那一座

牢狱的挣扎之门，开犹未开

黄夜，黎明，白日梦

一场哑剧中

忽然传过来了嗒嗒的马蹄之响

禁锢如本原论

生而有之，自古而然

有一些来自征兆

更多的是源于执着或放弃

掌管者手里

纸质的铁质的金质的

钥匙，隐秘而

充满诱惑，总是在无声无息地

敲打着沉默的墙

身子里的身子

能不能借用

无中生有的云梯一走了事？

或者干脆就

患上一回坐骨神经疼

管他由里往外疼还是由外往里疼

直到——

把寸山尺水坐穿

2021 年 3 月 31 日

卷耳

每一片叶子都是
耳朵。那么多的绿耳朵
神通广大

听得到脱兔般的春天忘情奔跑
听得到桃花水带来
一波又一波喘息

小耳鼓如回音壁
平时是随和的，有时却忽然
变得敏锐

大地上的喊声闹声歌哭声
还有部分编年史
为什么常常似是而非？

谁又将惊堂木一拍
三千丈声势，为什么七零八落
直至了无痕？

不如卷耳，不如
只专心专意开一挂
碎米般的小花

越白越好，越静
越好。越白越静越是对
人间的敬重

2021 年 4 月 7 日

雷公岩

黑身黑脸黑嘴
突兀于江心。宛若喉管之中
那一粒坚硬的结

如龙盘如虎踞。布下
一川雷鼓。令河流沉重
江山险象环生

狂风的坐骑，飞鸟
的驿站；也是日子流失前
摄人心魄的一个顿点

还是世世代代
传唱不衰的民歌中，至死
不渝的爱情隐喻

补天者呀，为什么
遗落下这一滴燃烧的精血？
这一枚岁月之卵？

这所有的
漂泊者受难者激流勇进者
活生生的磨床！

2021 年 4 月 18 日

苦地丁

再过去一点点
三月风和嫩绿嫩绿的草腥味
就门户大开了

那些地头上坡坎间洼地里的地丁
却是早已
放开了胆子与手脚

一朵朵一蓬蓬其貌不扬
只是野，只是
自己乐着自己的，目中无人

苦长在头上，长在
名字上；从没有长在心窝子上
生来就是春色的一味甜品

一开就不可收拾，一开
就把那么多或粉红或淡紫的情话
牢牢钉在了人间

2021 年 4 月 24 日

白马山

马背上江湖沉陷
夕照苍黄，如最后的一声
厮锣。要弃就
弃了奔行，弃了腰间星辰剑
弃了浑身侠骨
只留下一颗落败之心
遁入于无有之中
掷鞭成树。一千年过后
柏籽乌亮的清香
依然幽幽如诉
山不高，幸有白马冠之
宜远望——
凹处如鞍，凸处如弓
是不是为了一个
遗梦，一怀三生恨
依然在积蓄待发之势?

蹄花早已凋谢了

但嗒嗒之响

犹在，犹白，常常于明月夜

一声声循环往复

宛如断代史上的一阕

长恨歌

2021 年 5 月 28 日

滩头的水

滩头的水，性格

明亮。跳跃的姿态连贯

而澄澈，大于

自己内心的诉求

细密的步子

在卵石上铺开低下的飞翔

高于硬，高于

许许多多固定的程序

一辈子都是

晶莹剔透，没心没肺

甘于过注定的

小日子，甘于浅，甘于躺平

有祖传的一副

好嗓子，唱清平调，唱过滩谣

不舍昼夜

痴迷于河流永恒的走向

2021 年 6 月 12 日

遗恨

雪一层一层
覆盖，堆积。最底下的那些
质犹白，犹洁
却沉陷于无边的黑暗之中
甚至喘不出一口
透亮的气，吐露一点对命运的
屈从或抗拒感
多么盼望啊，有一位
从天而降的神
嘎嘎嘎嘎走过来，将身子里
斗大的疼，踩入泥土
深处，叫一腔遗恨，死有
——葬身之地

2021 年 6 月 15 日

空

杯子无法倒空
空也是有，早于有又
晚于有。就如水
总是先离开了自己然后
又回到自己
所有杯子的壁
都是悬念，组合成
容器，仿佛就是
为了一而再，再而三地推理——
只有空，才是
可以回味的并且可以
取之不尽

2021 年 8 月 19 日

白露

苇子们心里

忽就有了——通透之感

芦花的三千两

暖意，要转凉了

远远近近的

湖洲上，一大片又一大片

都孵出了秋声

水色清舒。水面上的

白鹭，翩翩然

鼓腹而歌，径直飞入了

八千亩芦花深处

有小醉意

有好事近与意外之喜——

露白了，白得

像一场知己之遇

露圆了亮了

像秋之神，给梦里水乡

绣上了千万颗

白影珠……

2021 年 9 月 7 日

鼓手颂

野牦牛有戾气
它奔行在雪山之上
黑刺刺的毛发
怒不可遏。它性子硬
四只生铁般
的蹄子，则硬到了
无以复加，常常就踏穿了
黄土，敲得石头
嘭嘭嘭喊疼
它从来不知道地球
是圆的，像一面
大鼓。它更不知道自己
是玛卿岗日
秘而不宣的暴烈的鼓手！

2021 年 9 月 11 日

归宿

吊塔正在升起
它有着自己的成长之道
天空包容而
阔绰，从来不排斥
外来之物
"这是大地长出的一根指头
伸向——
人间的交涉与秘密所在"
吊塔钢筋铁骨
而天空是柔软的
盛大的柔软，无可又无不可
让高度
有了出处与归宿

2021 年 9 月 20 日

出水石

流水经过石头

石头有太多的心得

它可以说

但就是不说

流水是放牧江山的鞭子

石头则是

一记沉思着的鞭花

——"无论如何

我总是江山的一部分"

但几千年

过去了，石头仍是

欲说还休

仿佛只有不说

才配做一朝朝一代代

活生生的一个

——记号

2021 年 10 月 20 日

川天界

刺松铁桐冷杉侧柏
其绿苍苍；楠竹也其绿苍苍

丝茅把所有的绿都卸下了
只留下一缨苍苍白发

山鹰从云岗上飞过
黑羽苍苍，影子苍苍，叫声也苍苍

唯有岩壁上的几丛霜菊
无视苍苍，开得野火一般炽烈

就像是川天界
赐予了它们一身黄金……

2021 年 11 月 16 日

屋檐

在屋檐底下过日子
要自律，要丁是丁卯是卯
下雨时，屋檐水
有自己的注解
可以无所求，也可以滴穿
前尘的一块石头
若是雪来了
就硬着头皮承受
然后化雪为凌，如乾坤剑
什么都是天注定
都是天意。而一切开始
无论何时何地
离结束，都只有一步之遥
屋檐是外衣
是命中的又一片天空与襁褓
所要得到的其实

是失去。但屋檐又是一扇
命运的翅膀
飞不飞，什么时候飞
皆取决于脱胎换骨
或者迷失于一场——空对空

2021 年 11 月 17 日

利器

凛凛肃杀之秋

一丛丛野菊花，依然在

川天界山口

如削如斫的石崖上

——昂然怒放

率性，热烈

如同熔炉里重生的铁

又好似夕阳

衔山时，那些

悲情万丈的光焰

死神枯瘦的

手指，早就掐过来了

枯萎，是注定的

却偏偏有一寸寸铁血丹心

向死而开！

这星星点点的金黄

这性灵之光

这坚守于生命底线的璀璨

是殉道者——

最后的利器!

2021 年 12 月 3 日

老邮亭

缓缓垂下来

丝条、目光与所有的感悟

皮肤苍苍如干咳

腰杆犹还硬着，则如

祖传的养生之道

立在栖身处

依恋岸，不辜负脚下一丈山河

每年开春

仿佛都要憋过气去了

又会用尽了

心力，硬挺着再绿一回

在流动着的水里

看得清

自己的影子是多么好

而把过往看得

越来越淡泊越来越模糊

又是多么好

一生从未挪动，如同

是一座老邮亭

只默默然，把内心无数的向往

寄给了远方……

2021 年 12 月 14 日

笠泊山居

细雨如灰。若沾衣

衣上便有了

一袭微寒，一袭时光的幻影

较之于去年今日

佛头菊开得

疏瘦了些，淡泊了些

但却让

前后左右的秋色与禅思

愈加触之可及

此时无大惑

亦无小惑。宜品茗，宜翻书

尤其宜小楷

俯首，低眉，运腕

——书一纸山间静气

悠然之中

顶戴竹笠的隐者

兴许荷了尖锄，正自远处

归来……

2021 年 12 月 20 日

哑铁

一块铁没有嘴

不能说话，不会人云亦云

除非是做成

哨子，一吹就能发声了

发出来

压抑已久的喜怒哀乐

又或者是做成

子弹，待到

从枪口喷射而出的那一刻

便疾疾飞了起来

朝着目标，一路呼啸

当然还可以

做成牢笼上的一把锁

每一次打开

都会咔嚓一响，喊出自己

对这个世界的——
回应

2021 年 12 月 24 日

雕花剑柄

铁刃里那一场雪
落不落，都一直在寄身之处
发着寒光

剑柄上雕花朵朵
恣意盛开——
不过是愤怒、厮杀、喋血之欲
的装饰与修辞

操持者，请松一松你
冰冷的手指
让钢蓝色的花瓣舒展吐出返生香
吐尽心头块垒——

花可雕而剑气不可雕

而暴戾之气肃杀之气血腥之气
雕无可雕

2022 年 1 月 1 日

雪浪石

满怀了自在之心

立于岸，压缩掉所有

空泛的言辞

多么像是特地

为一条河流供上的祭品

向奔腾不息

致意，也向自身与生

俱来的静止

致意。这才是

对天对地最好的对应

水之所以可亲

在于穿越了

许多内在的硬且渐行渐远

而石头上千年

安之若素，是缘于

水带走了的

与从没有带走的

都已——

化为了雪浪痕，雪浪魂

2022 年 1 月 17 日

有膝盖的树

它跪了下来
朝着北方。北方有灵山
山势延绵不绝
它看到了雪线——
那是上苍，画在人间的永不
消亡的闪电
雪狼雪兔雪豹雪雁雪鹰……
雪国家族，芸芸
众生，并不因遥远
而不可亲
它用膝盖贴地，膝盖上的
耳朵与脉冲
能听到所有生灵的心跳
北方的风吹过来了
吹了三千里
它将十万根松针一齐抖动

披上这一袭

——巨大的风衣

它异形，却有不屈的魂

它跪倒在自己

永世不渝的瞻仰与膜拜里

向北方，向苍苍……

2022 年 1 月 25 日

隐疾

总有一些片段是
无法说清的。叶子越老
越——
读不懂

乌梢蛇滑入土缝间
打洞，栖身
脱下了旧皮囊。所谓的潜伏
只是托词

母鹿穿过了林子
身上的梅花
落无可落。而雪花如挽歌
就要飘下来了

一个人步入暮年

那些随身携带着的中草药

若煎服

会不会凸显所有的隐疾?

2022 年 3 月 27 日

江波引

江波扑上来

又退下去。谁有这么多

银灰色的舌头？

它们离开的样子

参差，玄妙

而又似乎无所用心。仿佛

它们在河岸上

留下吻痕，只是凭空

捏造了一次

无所谓有也无所谓无的经历

堤坝巍然在上

但江流的内心其实远远

高于固态与禁言

江波不仅仅

来自于风，更来自于神秘的

引力与爆发力

它们肌腱发达皮肤辽阔

可以无限地缩小

也可以膨胀至

无穷大。在一生的激荡中

寻找自己莫须有的

——骨头！

2022 年 4 月 26 日

遗忘

刀归于鞘

此刀说：天下何其大

有太多的不平

吾心似水，利万物而不争

饿鹰自弃于野

此鹰说：食不甘味且飞无

可飞，才是

真正的迷途知返

一根根发丝

由青而白，然后脱落

发丝说：谁都

有逃不脱的一场雪

谁都会——

遗有所遗，忘无可忘

2022 年 6 月 7 日

钟摆

小小一片舌头

总在舔着看不见的时光

味蕾强大

尝过了多少苦辣酸甜

但从不言说

从不感慨系之

只是——无休无止地摆动

从左至右从右

至左，从人间的一边到

人间的另一边

一辈子，待在活在

时间的内部

拳拳之心，嘀嗒之声

却每一分每一秒

都碰撞在回响在时间的

外延之外

2022 年 6 月 13 日

自解

天风浩荡，不是

一只蝉，或者一头豹子

可以抓住的

而一个人从白日梦中

醒来，必定会

两手空空。他唯一

能抓住的仅仅

是自己对万事万物的歉意

或者敌意

或者是为无所为

草叶，刈刀

花粉间的蜂鸣

一磨再磨的剪子与爪子

火焰舔食锈斑

蛇芯子朝向夜孔雀

而石孔桥对

流水的理解渐渐从有我之境

到达了无我之境

所有对立着的

有时必然，有时偶然

若设定为虚构

是谎言。若进有常退有常

终归于一，是自解

2022 年 10 月 1 日

洗耳溪

仅仅是一根

弦子，在山野间轻轻弹拨

那细微的颤动

澄碧，透亮。会不会是

早就绷不住了

下一刻就要跳起来，绝尘而去

但终归是水

水性太软，而凡心尤其软

就有卡顿有迟疑

舍不下——

人间世还有着那么多的听觉与

感知，被喧嚣

被嘈乱所攘攘扰扰

水守常道，而道不远人

就一清再清

清而逸；激发性灵，灵而慧

三百里潺潺湲湲
仿佛对草木说，又仿佛是
对着天下说——
也需洗耳，更需洗心……

2022 年 10 月 22 日

老鹰岩

它在自己的
体格里，在铁打的江山之上
蹲了下来
那么多年一动不动

许多鹰，年年从它的头顶
悬刀一样飞过
留下了成千上万吨嘶鸣

它有天地间最强大的胃
它把鹰
所有的嘶鸣都吃下去了消化了
成为血液
胆魄，与浩然之气

在众山之上

它昂然高举着自己的头颅
鄙视——
所有的桂冠与颂词

它沉默，孤傲，镇定
一直在等待
一飞冲天
吼出去，骨子里的全部雷暴！

2022 年 10 月 25 日

小雪

在半空之中

这瘦弱而又倔强的白

正把自己

一层一层地脱解

露出决绝来

"短促的一生其实一直都被

命运之光烧烤着"

投向大地，只是羽翼上

神秘的热量

亟待与泥土石头枯黄的草叶及

流水合为一体

这一天寒风说到就到

白太小

而黑夜太大山河太大

梦幻尤其大

孤身无法覆盖

——"但我们落地时砰然有声

且微芒如故"

2022 年 11 月 22 日

后记

在北美一道溪流的小型水坝旁，我曾目睹过悲壮的三文鱼洄游。

三文鱼历经千辛万苦，从遥远的太平洋游了过来。黑压压的一片，争先恐后，前赴后继，撞向钢浇铁铸般的坝体。绝大多数被碰得头破血流，气息奄奄，甚至死去；只有极少极少的，能跃过坝顶，赢得坝上那一片静水，那一片圣水，抱籽产卵，繁衍后代。

洄流是一个过程，也是向生命的本源致意。

搁笔多年后，在寂寥的安大略湖之滨，我重新开始了诗歌写作。

不可否认，三文鱼洄游，是对我的启示之一。但更为直接的动力，是来自于阅读与思考。而最为神奇的一个激发点，是冥冥之中，似乎有谁对我说：

"你的生命体验与人生阅历，可以有感而发，也应该有感而发了。"

于是我又一次学步，与诗同行。

也抒写当下，抒写此情此景。更多的却是将笔触，伸入于过往之中，回望之中，写那些最为熟悉的物事，那些自己感触最深、感悟最深、体验最深的东西，并且尽量写得有厚度些，有质感些。

从某种意义上说，我的笔如同三文鱼，也是一次洄流。

诗意的河床，壮阔而又遥远，能追寻到"朝圣之门"，无疑最好。倘若全力付出了，却终究无法抵达，亦不失为荣耀，大可释然于怀。